Hans-Jürgen Döpp

Bruder Sade

- Ein Versuch, Sade zu verstehen -

Mit Zeichnungen von Yves Milet, Paris

edition de l`œil

frankfurt am main

impressum:

edition de l`œìl
frankfurt am main, september 2014

www.aspasia.de

herstellung und verlag:
bod – books on demand, norderstedt
ISBN: 978-3-7357-7996-0

BRUDER SADE

- Ein Versuch, Sade zu verstehen -

„Meine Überreste sollen ohne jede Feierlichkeit im ersten Dickicht des Waldes, rechter Hand, wenn man auf einer großen Allee vom alten Schloss kommt, bestattet werden... Ist das Grab zugeworfen, so pflanze man Eicheln darauf, damit in der Folge Grab und Wald zusammenwachsen, der alte Zustand wiederhergestellt wird und die Spuren meines Grabes von der Oberfläche der Erde verschwinden – wie ich auch hoffe, dass mein Gedächtnis aus dem Geist der Menschen entschwinden wird", - so – der Marquis de Sade in seinem Testament. Sein Wunsch erfüllte sich nicht: das 20. Jahrhundert feiert sein Revival. Den Auftakt dazu gab 1909 der Dichter Guillaume Apollinaire: „Es scheint, dass der Mann, der während des ganzen 19. Jahrhunderts für nichts erachtet wurde, sehr wohl das 20. beherrschen könnte."[1]

Kaum eine Zeitepoche, kaum eine Denkströmung, die nicht versuchte, ihre Züge in das Gesicht Sades einzugravieren: Sade, der Aufklärer; der Märtyrer der Freiheit; Sade, der antibürgerliche Revolutionär; Sade, der Befreier der Sexualität; Sade, der gottlose Theoretiker der absoluten Revolte; Sade, das grausame Monster; Sade, der Frauenbefreier, der Frauenhasser; der Kämpfer gegen die herrschende Ordnung; und Sade, der Theoretiker der faschistischen Gaskammern! Er scheint eine Filmleinwand zu sein, eine Folie, auf die jeder seine eigenen Charakterzüge bzw. seine abgewehrten inneren Anteile projiziert. Das schwarze Schaf der Philosophie. Derart existieren heute 100 Klone de Sades, und seine Genialität scheint schon darin begründet zu liegen, dass er in seiner Wandlungsfähigkeit auf kein Bild festzulegen ist: er ist in seiner Widersprüchlichkeit immer wieder ein anderer. Sade – a never ending tour!

---

[1] G. Apollinaire, Der göttliche Marquis, in: Philosophie im Boudoir, München 1972, S.28

Wir begegnen Sade in den Sado-Maso-Studios, in Sex- und Horrorfilmen, in Berichten über Gewalt gegen Frauen und über Kindesmissbrauch; und nicht weit entfernt von uns - in den blutigen Kriegsgräueln, wie derzeit in Syrien, Irak, Palästina, Afrika – und anderen Ländern; in den zynischen, die Justiz verachtenden Äußerungen; den menschen- und demokratieverachtenden Äußerungen von Politikern. „Das Einzige, was in der Welt von Dauer ist, sind Konflikt, Erpressung und Mord." Kein Herzog von Blangis aus dem „120 Tagen von Sodom" sprach solchen Satz, kein Dolmencé aus der „Philosophie im Boudoir"; er stammt aus dem Munde des vormaligen Kriegsherren Donald Rumsfeld[2].

Sade - der Machiavell einer egoistischen Sexualität? Der zynische Ratgeber imperialistischer Machthaber? Der „Pornograf aus der Finsternis"?[3] Sade – der Perverse? Gar: der Dämon?

Eingefleischte Sadologen sind der Ansicht sind, Sade zu verstehen, hieße stets, ihn misszuverstehen. Mit folgenden Überlegungen will ich den Versuch wagen, ihm näher zu kommen, mit dem Ziel, ihm vielleicht wieder ein menschliches Antlitz geben zu können. Mit Hilfe seiner Biographie versuche ich, - trotz allem historischen Abstand -, eine Rückübersetzung seines Werkes auf den Menschen.

***

„Meine Denkweise, sagen Sie, kann man nicht gutheißen", schreibt Sade Anfang November 1783 aus dem Gefängnis in einem Brief an seine Frau[4]. „Nun, was interessiert mich das! Derjenige ist schön verrückt, der die Denkweise der anderen übernimmt! Die meine ist die Frucht meiner

---

[2] Zit. n. Die Zeit v.3.7.2014

[3] So betitelt DER SPIEGEL eine Rezension der neuen Biographie von V.Reinhardt; Spiegel 32 v.4.8.2014

[4] Sade, Briefe, Hg. Von Gilbert Lely, Düsseldorf 1962. Die Übersetzung dort ist weniger prägnant als die von C. Unewisse, die wir hier zitieren; sh. H.Jallon, D.A.F. Marquis de Sade, Düsseldorf 1997.

Gedanken; sie hängt ab von meinem Dasein, von meiner körperlichen und geistigen Anlage. Ich habe es nicht in der Hand, sie zu ändern. Wenn ich es könnte, täte ich es nicht. Diese Denkweise, die Sie rügen, ist der einzige Trost meines Lebens. Sie allein erleichtert meine Qualen im Gefängnis, sie allein macht mir meine Freuden in der Welt aus, und mir liegt an ihr mehr als an meinem Leben. Nicht meine Art zu denken hat mich ins Unglück gestürzt, sondern die der anderen".

Stolz und trotzig behauptet sich hier ein Freigeist, der seine Philosophen der Aufklärung gelesen hat, gegen die Mächte, die ihn ins Gefängnis brachten. Ganz materialistisch bekennt er: „Mein Sein bestimmt mein Bewusstsein!"

Sade – der Gefangene

„Und nun, Freund Leser, bereite Herz und Geist vor für die unzüchtigste Erzählung, die erfunden wurde, seit die Welt besteht, und du findest kein ähnliches Buch, weder bei den Alten, noch bei den Modernen," schreibt Sade einleitend zu den „120 Tagen von Sodom"[5], eines Buches, das während seiner Gefangenschaft in der Bastille geschrieben wurde. Ein wahrhaftig ungeheuerliches Buch, das in bloß 36 Abenden geschrieben wurde: vom 22.Oktober bis zum 27. November 1785. Sade muss sich in einem manischen Rausch befunden haben. Er ist nun schon sieben Jahre in Haft. Schon wenige Wochen nach seiner Einkerkerung in Vincennes schreibt er seiner Frau, er werde in der Zelle wahnsinnig („mein Kopf platzt"[6]), und klagt, in seiner Isolationshaft (keine Besucher, Streichung der Spaziergänge) fühle er sich „lebendig begraben": „Nichts kommt dem Grauen meiner Lage gleich!... Heute habe ich niemanden mehr, es ist, als wäre für mich die ganze Natur gestorben... Seit sieben Nächten mache ich

---

[5] Zit. n. Die Hundertzwanzig Tage von Sodom oder die Schule der Ausschweifung, Erste und vollständige Übertragung aus dem Französischen von Haverland, Privatdruck 1909, S. 80

[6] Zit n. Stefan Zweifel / Michael Pfister, 2000 Jahre Sade, in: Sade, Justine und Juliette, Bd. 10, München 2002, S. 239

kein Auge zu und erbreche in der Nacht alles, was ich am Tage gegessen habe"[7]. Sade, der Schriftsteller, ist in erster Linie Sade, der Gefangene: 27 Jahre seines Lebens wurde er weggesperrt, verdammt zur Ohnmacht. Über die ersten Jahre seiner Gefangenschaft schreibt Simone de Beauvoir: „Während der elfjährigen Gefangenschaft – zuerst in Vincennes, dann in der Bastille – liegt ein Mann im Sterben, und ein Schriftsteller wird geboren. Der Mann ist rasch zerbrochen"[8]. Zumal Sade ein ungestümer, cholerischer Charakter war, den jede Beschneidung seiner Freiheit doppelt traf; in der Beschreibung des Helden in seinem Roman „Aline und Valcour", einem 1788 verfassten Roman, darf man eine Selbstbeschreibung sehen: „Durch meine Mutter mit dem höchsten Adel Frankreichs verwandt, durch meinen Vater mit den ausgezeichnetsten Familien des Languedoc in Verbindung, geboren in Paris inmitten von Reichtum und Luxus, glaubte ich, sobald ich denken konnte, dass Natur und Glück sich vereint hätten, um ihre Gaben über mich auszuschütten. Ich glaubte es, weil man so einfältig war, es mir zu sagen, und dieses lächerliche Vorurteil machte mich hochmütig, despotisch und aufbrausend. Alles sollte mir nachgeben, die ganze Welt meinen Launen schmeicheln, mir allein kam es zu, mit ihr nach Belieben umzuspringen"[9] . Die Isolation eines solchen Charakters in der Haft führt unweigerlich zur Zerstörung seiner Identität[10], zur Entpersonalisierung. Was Sade rettet, ist seine Einbildungskraft, sie bietet ihm ein Ventil.

---

[7] ibid.

[8] Simone de Beauvoir, Soll man de Sade verbrennen? München 1964, S. 22

[9] Zit. n. Otto Flake, Marquis de Sade, Berlin 1930, S. 24

[10] Ulrike Meinhof hat die Foltereffekte, die sie während der monatelange Einkerkerung im toten Trakt des Kölner Gefängnisses erfahren hat, sehr eindrucksvoll wie folgt beschrieben: - das Gefühl, es explodiert einem der Kopf (das Gefühl, die Schädeldecke müsste eigentlich zerreißen, abplatzen), - das Gefühl, es würde einem das Rückenmark ins Gehirn gepresst, - das Gefühl, das Gehirn schrumpelte einem allmählich zusammen, wie Backobst z.B., - das Gefühl man stünde ununterbrochen unmerklich, unter Strom, man würde ferngesteuert, - das Gefühl, die Assoziationen würden einem weggehackt, - das Gefühl, man pisste sich die Seele aus dem Leib, als wenn man das Wasser nicht halten kann,

Was ist der Kern seines Denkens?

Als Zeitgenosse der Französischen Revolution kennt Sade alle Schriften der Aufklärer; seine wichtigsten philosophischen Quellen waren Holbach, LaMettrie, Machiavelli, Montesquieu und Voltaire[11]. Die Argumentation seiner philosophierenden Helden bedient sich der Thesen dieser Autoren. Mit stets überzeugender Logik finden sie die Gründe für die Neigung des Individuums zu Gewalt und Grausamkeit in der Natur: „Es ist die Natur, von der ich meine Neigungen empfangen habe, ich werde sie nicht verwirren, indem ich ihr widerstrebe, wenn sie mir schlechte Neigungen gegeben hat, die so geworden sind, weil es für ihre Absichten nötig war"[12], so – der Herzog von Blangis in den „120 Tagen". Die Natur rechtfertige jede egoistische Befriedigung, jedes Verbrechen, ja, auch den Mord: „Was zum Teufel, kann es der Natur ausmachen, ob es einen, zehn, zwanzig, fünfhundert Menschen mehr oder weniger auf der Welt gibt? ... Das wahre Gesetz der Natur, das, das sie in unsere Herzen eingeschrieben hat, ist, daß wir uns befriedigen müssen, gleichviel auf wessen Kosten"[13], verkündet Curval. Die Natur ist gleichgültig und unbarmherzig, ungerecht und zerstörerisch. Darum gibt es für Sades Übermenschen keine Verbrechen, da sie sich im Einklang mit der Natur befinden. Kein Gott regiert das Universum - die einzige Triebkraft ist das Böse.

Man kann nicht erklären, ob man vor Fieber oder vor Kälte zittert, - das Gefühl, man verstummt – man kann die Bedeutung von Worten nicht mehr identifizieren, nur noch raten, - Wärter, Besuch, Hof erscheint einem wie Zelluloid, - Kopfschmerzen – flashs – Satzbau, Grammatik, Syntax nicht mehr zu kontrollieren, - ein Gefühl, innerlich auszubrennen, - rasende Aggressivität, für die es kein Ventil gibt. Das ist das Schlimmste – das Gefühl, sich in einem Verzerrspiegel zu befinden, - das Gefühl, man bewege sich in Zeitlupe. Das Gefühl, sich in einem Vakuum zu befinden, als sei man in Blei eingegossen". Zit.n. U.G.Stuberger (Hg.), In der Strafsache gegen A.Baader, U.Meinhof, J.-C.Raspe, G.Ensslin wegen Mordes u.a., Dokumente aus dem Prozess, Frankfurt am Main 1977, S.90f.

[11] Hans Ulrich Seifert: *Sade: Leser und Autor*. Lang, Frankfurt a.M. 1983

[12] Sade, Die Hundertzwanzig Tage von Sodom, a.a.O., S. 10

[13] Ibid., Bd. II, S. 143

Sade, der Gefangene, das Opfer, erschafft hartherzige, herrschsüchtige, barbarische Heldenfiguren, die nach Opfer schreien. Alles hat sich deren egoistischen Interessen unterzuordnen. Das Programm der Aufklärung, die egoistischen Interessen der Individuen mit den gesellschaftlichen Interessen vereinbaren zu wollen, passt wenig in seine Argumentation. „Grausamkeit", doziert Dolmencé, „ist kein Laster, sondern der erste Instinkt, den die Natur uns eingeprägt hat". Sie ist „nichts anderes als die Antriebskraft des noch nicht von der Zivilisation verfälschten Menschen"[14]. Sade entwirft hier das Gegenbild zu dem von Rousseau beschriebenen Urzustand: ein „schwarzer Rousseau". Nicht seine Berufung auf die Natur ist neu; neu ist deren Umdeutung von einem Bild ursprünglicher Harmonie zu einem Bild der Zerstörung.

Aufklärung, die antrat, den menschlichen Geist zu befreien, mündet bei Sade in exzessiver Grausamkeit. Der Traum von Freiheit wird zum Albtraum einer Tyrannei phallischer Omnipotenz. Damit führt Sade die Aufklärung an ihre Grenzen. Diese hat ihre ethischen Prinzipien immer außerhalb der Ratio entwerfen müssen. Vernunft und „befreite Natur" können keine Gründe hervorbringen, eine „Moral" als „vernünftig" erscheinen zu lassen. Die Wissenschaft alleine könne keine Argumente gegen das Verbrechen anführen. Für Horkheimer und Adorno ist an Sade so provokativ, dass er „die Unmöglichkeit, aus der Vernunft ein grundsätzliches Argument gegen den Mord vorzubringen,... in alle Welt geschrien hat"[15]. Vernunft ohne die Utopie menschlicher Solidarität wird zum Organ der Kalkulation und des strategischen Denkens: zur instrumentellen Vernunft. –

Sade, das ohnmächtige Opfer, schreibt in manischer Wut sich hinein in die Rolle des allmächtigen Henkers, der die Argumente der Aufklärung benutzt, sie radikalisiert. Sein Anti-Humanismus verdankt sich seiner Einsamkeit. Alle seine monströsen Helden sind einsam, - wie auch er. In

---

[14] Sade, Die Philosophie im Boudoir, Hamburg 1970, S. 124 f.

[15] Horkheimer/Adorno, Dialektik der Aufklärung, Amsterdam 1968, S. 140

ihrer Welt gibt es keine menschlichen Verbindungen. „Es gibt keine sexuelle Beziehung" – diese provokante Formulierung Lacans bezieht sich darauf, dass, wie bei Sade, Genuss vor allem Selbstgenuss ist. Die Praxis der Libertinage impliziert das Fehlen jeder Beziehung; sie wird nur in Verbindung mit der wesentlichen Einsamkeit denkbar. Auf dieser baut Sade seinen anthropologischen Entwurf auf.

Regungen des Herzens wehren Sades Helden ab. Völlige Gefühlskälte, Apathie ist ihr Ziel. An einer Stelle der „Philosophie" lässt Sade Dolmencé ein ungewöhnliches Geständnis ablegen: „Sie sind jung", spricht er zum Chevalier, der die Empfindsamkeit verteidigt, „Ihnen fehlt die Erfahrung; wir sprechen uns wieder, wenn Sie durch Erfahrung gereift sein werden; dann, mein Lieber, werden Sie nicht mehr so gut von den Menschen sprechen, weil Sie sie kennengelernt haben werden. Ihre Undankbarkeit war es, die mein Herz austrocknete, ihre Falschheit, die in mir diese unheilvollen Tugenden zerstörte, für die ich vielleicht wie Sie geschaffen war. Und wenn nun die Laster der einen die Tugenden für die anderen gefährlich werden lassen, erweist man dann nicht der Jugend einen Dienst, wenn man sie frühzeitig in ihr erstickt?"[16] Derjenige, für den nichts mehr ein Verbrechen ist, kennt keine Gewissensqualen mehr.

Sades Helden verweigern sich der Empathie. „Was scheren uns die Schmerzen unseres Nächsten? Fühlen wir sie mit ihnen? Nein!"[17] Nur über die Abwesenheit von Emotionen, über Apathie kann Sade selbst die eigenen Schmerzen und Verletzungen abwehren und seiner Rolle als Opfer entkommen. „Betrachtet einen eingefleischten Libertin", doziert Rodin in „Justine und Juliette", „ihr werdet ihn in vollkommener Gleichgültigkeit gegenüber allem finden, was nicht mit seinen Lüsten zusammenhängt, in Gedanken versunken, in sich gekehrt, als fürchte er, einer Regung nachzugeben, die ihn auch nur für eine einzige Minute von den lüsternen

---

[16] Sade, Philosophie,a.a.O., S. 278 f.
[17] Sade, Justine und Juliette, Bd. X,, S.122

Gedanken, die ihn beseelen, abbringen könnte“[18]. Mit dieser Gleichgültigkeit folgt der Libertin den Gesetzen der Natur: für diese sei das Leben eines Menschen nicht wichtiger als das einer Auster[19]. In den Augen der Natur ist jede Lebensform gleich. Darum gäbe es auch keine absolute Vernichtung, nur eine beständige Transformation des Opfers in einen neuen Zustand. So ist auch das Verbrechen nur ein Werkzeug, durch Zerstörung den ewigen Kreislauf der Materie in Gang zu halten.

In Band X der „Juliette“ bietet Sade eine bündige Definition des Libertins: „Die Libertinage ist eine Verirrung der Sinne, welche das vollständige Zerreißen sämtlicher Zügel voraussetzt, die stolzeste Verachtung aller Vorurteile, den vollständigen Umsturz aller Gottesdienste, die tiefste Abscheu vor jeglicher Moral, und ein Libertin, der es nicht bis auf diese Stufe der Philosophie gebracht hat, wird stetsfort zwischen der Unzähmbarkeit seiner Triebe und seinen Gewissensbissen hin- und hergerissen, sodaß er niemals glücklich ist“[20].

Ohnmacht und Allmacht

Sade, der aus der menschlichen Gemeinschaft ausgeschlossen wurde, vollzieht einen Bruch mit der Menschheit, indem er die Gesellschaft, die ihn negiert, nun seinerseits, mit philosophischer Untermauerung, negiert. In der Einsamkeit seines Gefängnisses entfaltet er über die Negation aller verbindlichen moralischen Werte eine Unabhängigkeit und Freiheit, die ins Unendliche geht, da sie kein Gegenüber mehr in der Realität findet. Letztendlich empfindet er auch die „Natur“, die zu befolgen er behauptet, als Zwang, der zu überwinden ist: „Ich gestehe“, bekennt Durcet[21], „dass meine Einbildungskraft immer meine Mittel überstiegen hat; ich habe stets 1000 mal mehr erdacht, als ausgeführt... Wie oft, zum Teufel, habe ich mir nicht gewünscht, dass man die Sonne angreifen könne, das

---

[18] Sade, Justine und Juliette, Bd. I, S.233
[19] Ibid., S.189
[20] Sade, Justine und Juliette, Bd.X, S.145
[21] Ibid., Bd.I, S.215

Universum berauben oder die ganze Welt vernichten"[22]. Sade steigert sich über seine libertinen, schablonenhaft gezeichneten Gestalten in ein Größenselbst hinein, mit dem er sich vor Dekompensation bewahrt. Derart ist er in der Konstellation Libertin – Opfer zweimal enthalten: er ist der Märtyrer, dem die Vernichtung droht, und er ist der von Allmachtsphantasien besessene, gottgleiche und Gott verleugnende Superman. Er, der den Zwängen unterworfene, phantasiert sich über die Identifikation mit den `Angreifern` in eine scheinbare Autonomie hinein. So nimmt er eine „sadistische" und masochistische Position zugleich ein. Die tugendhafte „Justine" und die dem Laster ergebene „Juliette": Sade steckt in beiden. Eine duale Einheit.

Doch bleibt die potenzierte, phallisch-aggressive Männlichkeit seiner Helden brüchig: „Und trotz alledem, wie wahr ist es, dass die Seele der Beschaffenheit des Körpers oft nur schlecht entspricht; trotz alledem hätte ein entschlossenes Kind den Koloss erschreckt", heißt es über den Herzog von Blangis[23]. Sade, wie seine Helden auch, - ein Papiertiger? „Wenn er sich gegen einen Feind verteidigen sollte und seine Listen und Verrätereien nicht mehr gebrauchen konnte, wurde er furchtsam und feige, und die Idee des ungefährlichsten Zweikampfes, bei Gleichheit der Kräfte, hätte ihn bis ans Ende der Welt fliehen lassen"[24]. Schon Otto Flake fiel auf, dass der Charakter des Cholerikers Sade in zwei Stücke auseinanderfällt: „Fast möchte man sagen: er war ein Salonterrorist, der sich im Wort

---

[22] Von sadianischer Dimension ist das apokalyptische Geschehen, an dessen Ende Hekatomben von Toten stehen: Ein Land wird verwandelt in eine Hölle auf Erden: Unterdrückung, Gewalt, Terror, Hunger, Krankheit, moralische Verwahrlosung, Kannibalismus kosten 45 Millionen Menschen das Leben. Die Rede ist von den Jahren 1958 bis 1962, in denen Mao Tsetungs Industrialisierungsplan China zum „Großen Sprung nach vorn" verhelfen sollte. Sh. F. Dikötter, Maos großer Hunger – Massenmord und Menschenexperiment in China. Stuttgart 2014; rezensiert in DIE ZEIT Nr.20/10.7.2014. Auch Sades „Juliette" plant, riesige Hungersnöte zu erzeugen; doch Sades Vernichtungsphantasien bleiben Ekstasen des Kopfes, gebannt auf dem Papier.

[23] Ibid., Bd.I, S. 16

[24] Ibid.

erschöpfte“[25]. In seiner Schreibwut beschwört er immer wieder neu das Bild des phallischen Ungeheuers, in endloser, den Leser ermüdender Wiederholung, eben weil dieses Bild immer wieder in sich zusammenfällt.

Sexualität und Destruktivität

Eine bedeutende Rolle spielt hierbei die Sexualität. Garant dieser Autonomie ist ihm der Phallus. Was nicht heißt, dass es der Trieb sei, der bei Sade die grausamen Handlungen hervorbringt. Vielmehr absorbiert die Sexualität die Unruhe, die anderweitig nicht zum Ausdruck gelangen kann. Seine nicht zugelassenen Aggressionen und sein Hass werden sexualisiert. „Sadismus“, so schreiben Schorsch und Becker in ihrer Studie „Angst – Lust – Zerstörung“[26], „ist sexualisierte Destruktivität“. Sadistische Intentionen zielen auf Bemächtigung des anderen, die Aufgabe seiner Eigenständigkeit. Dominanz und Subordination wird zu einem sexualisierten Thema. „Zeit meines Lebens fickte ich nur, um das Opfer meiner Unzucht zu demütigen, denn der einzige Reiz dieses Treibens lag für mich darin, meinem Opfer Wehtaten zuzufügen“, bekennt der Mönch Jérôme[27].

Geht es also in Sade pornographischen Romanen gar nicht um Sexualität?! Die sexuellen Handlungen stellen nur die manifeste „Außenseite“ eines innerdynamischen Konfliktes dar. Sie sind allenfalls Spiegel und Indikator für eine innere Unruhe. Bei Sade gerät diese zum ausufernden, orgiastischen Exzess. Sade, sagte man, führe den Körper wieder in die Literatur ein. Aber das Körpergeschehen sagt wenig über den Verarbeitungsmodus der Person; es sind jenseits der Sexualität liegende Konflikte, die sexuell verarbeitet werden. Darum auch stellt sich bei den Libertins keine Befriedigung ein: schon die exzessive Frequenz ihrer Sexualbetätigung, dieses endlose Rattern einer Sex-Maschine lässt

---

[25] O.Flake, a.a.O., S. 178

[26] Eberhard Schorsch / Nikolaus Becker, Angst – Lust – Zerstörung, Sadismus als soziales und kriminelles Handeln. Zur Psychodynamik sexueller Tötung. Reinbek 1977

[27] In Sade, Justine und Juliette, a.a.O.,Bd. II, S. 208

vermuten, dass eine derart hohe Aktivität nicht allein vom Triebgeschehen her unterhalten werden kann. Sades sexueller Aktionismus zehrt von inneren Spannungen, die seine Identität zu zerstören drohen. Seine Wollust ist die sexualisierte Wut eines Menschen, der durch Isolation und Ohnmacht zu zerbrechen droht. Seine sensible Verletzbarkeit verwandelt er in Kälte den andren gegenüber – und sich selbst gegenüber. „Kommen wir nicht alle einsam zur Welt?“, doziert Dolmancé[28], und eben darum, weil es in der „Natur“ nicht vorgesehen sei, gebe es weder Mitleid, Barmherzigkeit und Menschlichkeit. (Und wieder bedient sich Sade der Argumentation der Aufklärer, um seine zynische Position zu rationalisieren.)

Was ihm in seiner Einsamkeit einzig blieb, war seine entfesselte Phantasie. Darum sind in den „120 Tagen“ den Orgien stets die stimulierenden Berichte der Erzählerinnen vorgeschaltet: das Sexualorgan des Bewusstseins ist die Sprache. Rhetorik befeuert die Erotik. Sades sexuelle Arrangements sind nichts als Materialisierung von Sprache. Es sind Kopfgeburten: „Sehen Sie, Madame“, flucht Dolmencé, „schauen Sie dieses wollüstige Geschöpf an, wie es ihr vom Kopfe her kommt!“[29]. Die sexuelle Energie fokussiert sich für Sade im Bewusstsein. Lust verspricht weniger der „befreite Körper“, als die befreite Phantasie, und für diese gelten keine Grenzen. „Je weiter der Kopf zu gehen bereit ist, desto mehr Lust werden wir empfinden!“, ruft Eugénie aus[30]. Diese Entgrenzung der Phantasie setzt die Verneinungen aller Schranken voraus, die ihr von Religion, Anstand, Menschlichkeit und Tugend gesetzt sind. Damit gilt traditionellen Werten von Familie, Kirche und Königtum nur Sades Verachtung. Der Geist hat sich von derlei "Vorurteilen" zu befreien: „Nicht im Genuss besteht das Glück, sondern im Zerbrechen der Schranken, die man gegen das Verlangen errichtet hat!“[31] Unbehindert von jeglicher

---

[28] Sade, Die Philosophie im Boudoir, Hamburg 1970, S. 174
[29] Sade, Philosophie, a.a.O., S. 183
[30] Ibid., S. 91
[31] Sade, 120 Tage, a.a.O., S.212

Moral, läuft das Denken ins Grenzenlose. „Das Schmutzigste, Gemeinste und Verbotenste ist immer das Anregendste... und verschafft uns den köstlichsten Genuss“ – rechtfertigt Madame de Saint-Ange das Verbrechen[32].

Analität und Grandiosität

Die Macht, mit denen er seine Gestalten ausstattet, hat ihre Basis weniger in einer genitalen Sinnlichkeit, als in einer allgegenwärtigen Analität: „Niemals hat die Natur uns andere Altäre zu unserer Huldigung angewiesen als das Loch des Hinterns; sie gestattet das übrige, aber sie schreibt dieses nicht vor“, bekennt Dolmancé[33], und Madame de Saint-Ange bestätigt: „Ich bezeuge, dass die Lust, die man beim Arschficken empfindet, immer die des Votzenfickens weit übersteigt“[34]. Frau zu sein ist für seine Libertins ein „großer Makel“[35]; sie bevorzugen den „schönen Hintern“, gleich, ob den einer Mannes oder einer Frau. (So fällt auch Roland Barthes auf, dass die Beschreibung von Sades Helden umso präziser wird, desto mehr man am Körper heruntergeht, da es im Interesse des Autors liegt, das Geschlecht und den Hintern besser zu beschreiben als das Gesicht“[36]).

Doch der anale Kern von Sades Werk bestimmt nicht nur die sexuellen Aktionen seiner Helden: das ganze Werk, von der Beziehungsstruktur seiner Figuren, dem Triebziel ihrer Sexualität (= Vernichtung) bis zu den ausgewählten Orten der lasterhaften Orgien, ja auch die kompositorische Anlage selbst ist von Analität durchtränkt.

Betrachten wir eine Szene, die sich 1772 in einem Bordell in Marseille ereignete: Mariette muss sich nackt ausziehen und neben dem Bett

---

[32] Sade, Philosophie, a.a.O., S. 89
[33] Ibid. S. 143
[34] Ibid, S. 142
[35] Ibid., S. 165
[36] Roland Barthes, Sade – Fourier – Loyola, Frankfurt am Main; 1974, S.27f.

niederknien, worauf der Marquis sie mit einem Reisigbesen auspeitscht. Dann soll sie mit ihm ebenso verfahren. Während sie auf ihn eindrischt, ritzt er am Kamin die Zahl der Schläge, die er erhält, mit einem Messer ein. Insgesamt sind es 859! Dann sodomisiert er eine Marianne, ein anderes Mädchen, während sein Diener Latour ihn selbst von hinten nimmt. Alle Rollen in dem Spiel sind also reversibel, sogar auch das Verhältnis von Herr und Knecht: Er spricht den Diener mit *Monsieur le Marquis* an, während er selbst sich mit dem Domestikennamen *Lafleur* schmückt. (Dieser Bordellbesuch sollte ihm in der Folge zum Verhängnis werden – wegen der Kantharidenbonbons, die er verteilte, da man ihm unterstellte, er habe die Mädchen vergiften wollen...[37])

Sades „grandioses Selbst" scheint also um einen analen Kern herum gebaut zu sein. Wie die Psychoanalyse uns zeigt[38], beendet das Kind mit der Entdeckung der analen Lust die zwangsläufige Abhängigkeit von seiner Umgebung in der oralen Phase. Die Analität hilft dem Kind, die narzisstische Wunde zu schließen. Wie auch der orale Charakter, so sucht der anale die narzisstische Einzigartigkeit und Autonomie, nur mit anderen Mitteln. Mit der Beherrschung des Objektes, die für ihn die Wiederherstellung seiner narzisstischen Integrität bedeutet, zieht er zwischen sich und dem Objekt eine Grenze, was dem Oralen fremd wäre. In der analen Objektbeziehung ist das Wesen des Objektes unwichtig: die Objekte dienen nur gewissen Funktionen und sind austauschbar. Allein die energetische Beziehung zwischen Objekt und Subjekt zählt. Herr und Knecht sind also die Idealform des analen Paares; doch lässt sich, wie wir in Sades Bordellszene sehen, die Beziehung offenbar auch umkehren, sodass der Masochismus als umgekehrter Sadismus erscheint. Schmerz zufügen und Schmerz erleiden sind zwei verschiedene Seiten ein und desselben Komplexes. Sade empfindet sich als Justine und Juliette zugleich: ein doppelgesichtiges Wesen.

---

[37] Sh. Maurice Lever, Marquis de Sade, München 1995, S. 198 ff.

[38] Zu Folgendem sh. Béla Grunberger, Vom Narzißmus zum Objekt, Frankfurt 1976, S. 164 ff

Wie schon bemerkt, gilt Sades Faszination insbesondere dem Gesäß. Die 859 Schläge – man beachte den Hang zur Quantifizierung! – müssen brennende, blutende Striemen hinterlassen haben. Der Psychoanalytiker Grunert bezeichnet das Geschlagenwerden als die „Leidenskrone der Selbstbehauptung“[39]. Häufig sei daran ein elementares Bedürfnis nach Körper-Kontakt als Abwehr einer Isolations- bzw. Verlassenheits-depression beteiligt. „Der Wunsch nach Schlägen ist einer der Versuche, der Angst des Alleinseins, Nichtseins, der Desintegrationsangst zu entkommen und gehört zu den ´forcierten Handlungen´, die einer Selbstfragmentierung entgegenwirken“[40]. Das scheinbar Unlustvolle wird aktiv gewünscht und gewollt, als Ausdruck der Selbstbehauptung.

Die sexuellen Arrangements Sades werden nun ebenso als von Analität bestimmte erkennbar. Die Rationalität, auf die Sade sich beruft, mündet in einer Quantifizierung der Lust. Maßlose Fressgelage gehen den Orgien voraus. Länge und Umfang der Glieder bestimmen die orgiastische Potenz der Libertins, ungeheure Spermaströme werden vergossen. „Schauen Sie sich die Spuren des ersten Strahls an!“, brüllt Dolmencé[41], „Mehr als zehn Fuß weit!“

In allem herrscht strikte Ordnung. Keine Regung innerhalb einer Gruppierung darf der Kontrolle der grausamen Libertins entgehen! Spontaneität ist unerwünscht, noch im Äußersten der Lust: „Lasst uns bitte ein wenig Ordnung in diese Orgie bringen“, weist Madame de Saint-Ange an, es bedarf ihrer selbst auf dem Höhepunkt der Ekstase und der Schamlosigkeit“[42]. Die auszuführenden Szenen werden wie lebende Bilder arrangiert: „Eugénie, nehmen Sie ihren Platz ein, führen wir die Szene auf, die ich entworfen habe“[43]. Auf diese Weise entsteht eine regelrechte Sex-

---

[39] J.Grunert, Gesäßerotik und der Wunsch, geschlagen zu werden, in: J. Grunert (Hg.), Leiden am Selbst, München 1981, S. 175
[40] Ibid., S. 176
[41] Sade, Philosophie, a.a.o., S. 149
[42] Sade, Philosophie, a.a.O., S.100
[43] Ibid., S.103

Maschine: „Wir sind jetzt alle vier vortrefflich miteinander verbunden", lobt Dolmencé, der Zeremonienmeister, „es handelt sich nur noch darum, loszulegen"[44]. Roland Barthes sieht im Sad`schen Eros das Modell der Arbeit: „Die Orgie wird wie eine Schicht in der Werkhalle organisiert, eingeteilt, befohlen, überwacht; sie ist so rentabel wie Fließbandarbeit (aber ohne Mehrwert)"[45]. Das einzelne Subjekt löst sich in diesem Räderwerk auf, wird entsubjektiviert.

Selbst die bei Sade durchgehende negatorische Grundhaltung, die auch seine Philosophie bestimmt, verdankt sich der frühen Fixierung an dieses Entwicklungsstadium: Das Kind im Analstadium sagt „Nein!", und trotziger Eigensinn ist auch ein wesentlicher Charakterzug Sades. Dieser Trotz lässt ihn als Rebellen erscheinen. Ein Libertin ist per definitionem der, der das moralische Gesetz – im Kant`schen Sinne – verneint.

Und sind nicht die „120 Tage" analog dem Verdauungsprozess angelegt? Am Ende „kommt es immer dicker"; nur noch stichwortartig notiert Sade hier die Varianten der tödlich verlaufenden Martern.

Auch bei dem Schauplatz der Sadschen Szenen handelt es sich um einen Weg ins finstere Körper-Innere: Das Schloss, in dem die Ausschweifungen der „120 Tage" stattfinden, befindet sich „außerhalb Frankreichs, in einem sicheren Lande, im Grunde eines unbewohnbaren Waldes, in einem Versteck dieses Waldes, ..., er war hier im Grunde der Eingeweide der Erde"[46], und der Herzog erklärt vor Beginn der Orgie den anwesenden Opfern: „Ihr seid in einer uneinnehmbaren Festung eingeschlossen, und niemand weiß, wo ihr euch befindet,..., ihr seid bereits tot für die Welt"[47]. (Wer denkt hier nicht an Sades eigene Situation?!) Chassequet-Smirgel sieht hierin „einen Weg durch den Verdauungskanal. Die Reise endet im Rektum, wo das Opfer durch den Sphinkterring des Henkers erdrückt wird,

---

[44] Ibid., S. 141
[45] Roland Barthes, Sade – Fourier – Loyola, Frankfurt 1974, S. 143
[46] Sade, Die hundertzwanzig Tage, a.a.O., S.64
[47] Ibid., S.76

indem er es festhält, unbeweglich macht und nach Lust und Laune manipuliert“[48]

„Das Objekt wird in Sades Phantasie“, so erkennt Chasseguet-Smirgel, „einem langsamen Verdauungsprozess unterworfen“[49]. Letztendlich wird es als Kotprodukt ausgeschieden. Sade selbst zieht am Ende seines Werkes in einer Statistik eine Bilanz: 16 Personen kehrten nach Paris zurück, 30 wurden massakriert[50].

Stimulierte sich Sade während des Schreibens dadurch, dass er sich einen aus Ebenholz geschnitzten Dildo in den Hintern steckte? Er ist ein Mann im besten Mannesalter, ohne jeden sexuellen Kontakt, und seine Frau versorgt ihn, sich aufopfernd, mit Gerätschaften, die eigens nach seinen Maßangaben hergestellt werden. Zwanghaft notiert Sade am 1. Dezember 1780, also zwei Jahre und drei Monate nach seiner Inhaftierung in Vincennes: „3268 + 3268 = 6536, fast sechstausendsechshundert Einführungen“[51]. Ein analer Exzess!

Eine Wahn-Identität

Sollte Sade, so möchte man spekulieren, seine Gefangenschaft unbewusst regelrecht gesucht haben? Das Gefängnis würde seine brüchige Selbstrepräsentanz dann von außen stützen. Die geschilderte Bordellszene fand lange vor seiner Verhaftung und Inhaftierung statt. Solange er in Freiheit war, konnte er eine Fragmentierung durch anale masochistische Praktiken verhindern. Diese Freiheit war ihm im Gefängnis verwehrt. Wir müssten mehr über Sades frühe Kindheit erfahren, um eine strukturelle Fragilität zu erklären. Man weiß, dass bei Menschen mit vorzeitigen Trennungserfahrungen eine unstillbare Sehnsucht nach Verschmelzung mit dem

---

[48] Janine Chasseguet-Smirgel, De Sade – Der Körper und der Mord an der Realität, in: Psyche, 35. Jg., Heft 3/1981, S.239

[49] Ibid., S. 240S.240

[50] Sade, Die hundertzwanzig Tage, a.a.O., Bd. II, S.283

[51] M. Lever, de Sade, a.a.O., S. 329 f.

Primärobjekt vorzufinden ist, ebenso aber auch eine starke Angst vor der Verschmelzung, resultierend aus der Ur-Verunsicherung. Wie Lever berichtet[52], war Sades Mutter praktisch inexistent. „Von einem unbeständigen Mann vernachlässigt, bevor sie sich bis ans Ende ihrer Tage in ein Kloster zurückzog, wird sie im Leben Donatiens nur eine geringe Rolle spielen“. Es fanden sich zwar viele Ersatzmütter, die aber nie die Leerstelle, die von der wirklichen Mutter hinterlassen wurde, füllen konnten. Demensprechend wird Sades Grundkonflikt bestimmt vom Hass auf die Mutter, die unerreichbar, abwesend und gleichgültig war.

Seine Sehnsucht drückt sich in einem Traum aus, den er Februar 1779 in einem Brief seiner Frau mitteilte. In Vincennes tröstete er sich bei der Lektüre von Petrarca. In der Nacht träumte er von Laura – sie ist eine Ahnin des Marquis -: „Plötzlich erschien sie mir... Ich sah sie! Der Schrecken des Grabes hatte ihren Reizen nichts anhaben können, und ihre Augen hatten noch das gleiche Feuer wie damals, als Petrarca sie rühmte. Ein schwarzer Flor umhüllte sie ganz, und ihre schönen blonden Haare wallten lose darüber. Es war, als wollte die Liebe, um ihre Schönheit zu erhalten, die düstere Umgebung mildern, in der sie mir erschien. `Was seufzest Du auf Erden?` fragte sie mich. `Komm zu mir. Kein Leid, kein Kummer, keine Unruhe sind in dem unendlichen Raum, in dem ich wohne. Habe den Mut, mir zu folgen.` Ich warf mich ihr zu Füßen. `Oh, meine Mutter!...` rief ich schluchzend, und meine Tränen fielen auf die Hand, die sie mir reichte; auch sie weinte. `Als ich noch in der Welt lebte, die Du haßt`, fuhr sie fort, `liebte ich es, meine Blicke in die Zukunft zu richten. Ich mehrte meine Nachkommen bis zu Dir und sah Dich nicht so unglücklich.` Voll Verzweiflung und Zärtlichkeit wollte ich meine Arme um ihren Hals schlingen, um sie zurückzuhalten oder ihr zu folgen und um sie mit meinen Tränen zu benetzen, aber die Erscheinung war verschwunden.

---

[52] M. Lever, a.a.O., S, 24

Es blieb mir nichts als mein Schmerz“[53]. In den Augen seiner Mutter nicht zu existieren mag der Ursprung des unerträglichen Gefühls sein, ins Leere zu fallen.

Laura ist seine idealisierte Mutter, mit der er zu verschmelzen wünscht. Im Traum ist er wie ein hilfloses Kind, das zerstört wird. Ich habe auf die Gefahr der psychotischen Dekompensation in der Gefangenschaft hingewiesen. Im Wunsch nach Verschmelzung drückt sich sein Verlangen nach der verloren gegangenen kindlichen Grandiosität aus. In seinem Werk aber versucht er, Passivität in Aktivität zu verkehren, Ohnmacht in Macht. Der Schmerz an der Selbst-Zerstörung verwandelt sich in Freude an der Zerstörung. Er identifiziert sich mit dem Aggressor, der das Kind vergewaltigt und ermordet. Der mitleidlose Libertin und sein Opfer: sie vertreten beide Seiten eines innerpsychischen Konfliktes.

Bach und Schwarz zufolge stellt die Identität des Marquis eine Wahn-Identität dar, die beständig hergestellt und rekonstruiert wird als Versuch der Wiederherstellung der grandiosen Selbst-Repräsentation, die in der Kindheit gespalten wurde. Sein Kindheitsschicksal mag das vieler junger Adeliger seines Standes gewesen sein, die nach der Geburt Ammen übergeben wurden. Ihr gesellschaftlicher Status ermöglichte ihnen, ihre brüchige Identität oft straflos auszuleben. Unter den Bedingungen der Gefangenschaft war Sade diese Möglichkeit genommen. Das Gefühl der Ohnmacht und Nichtigkeit wird dominant.

Die psychiatrische Diagnose ist hier eine ähnliche, wie wir sie bei sog. Sexualverbrechern vorfinden. Bei ihnen geht die inszenierte Männlichkeitsproblematik einher mit ausgeprägter Aggressivität in Gestalt von Wut und Hass. Eine forcierte Demonstration phallischer Potenz wehrt symbiotische Verschmelzungs- und Trennungsängste ab. Um ihr Gefühl

---

[53] Sade, Briefe, a.a.O., S. 61f.; eine psychoanalytische Deutung dieses Traumes versuchen S.Bach und L. Schwartz, A Dream oft he Marquis de Sade, in: Journal of American Psychoanalysis, Bd. 20, 1972, S. 451-475.

der Autonomie zu retten, opponieren sie gegen jede äußere Ordnung: ihre negatorische Grundhaltung hat die Funktion eines Protestes gegen das Eingeschnürtsein in starre Ordnungen. Indem sie den sozialen Rahmen sprengen, erfahren sie das Gefühl von Lebendigkeit. „Es geht um die Kompensation von Gefahren wie Einsamkeit, Wertlosigkeit, Unlebendigkeit", schreibt Eberhardt Schorsch in seiner Studie „Perversion als Straftat"[54]. „Die Perversion kann auch die Funktion haben, vor einem depressiven Zusammenbruch zu schützen".

Sprache als Rettung

Nicht seine brüchige Identität erklärt uns Sade: Seine Größe, ja, Genie liegt in der Fähigkeit begründet, die langen Jahre der Gefangenschaft mit Hilfe der Sprache schreibend zu überleben und damit seine Identität vor einem Zusammenbruch zu bewahren. Sprache wurde ihm zu einem Surrogat für die Tat, das Verbrechen – Barthes zufolge[55] – zu einem „Sprachvergnügen". Sein quasi selbst-therapeutisches Schreiben nimmt den beschriebenen grausamen Akten ihre Realität, abstrahiert und entkörperlicht sie.

Interessant, dass manche noch im Schreibakt den „Sadisten" am Werke sehen wollen. Das Manuskript der „120 Tage" ist in einer winzigen Schrift verfasst. Eugen Dühren, der „Finder" des verloren geglaubten Textes, bemerkt dazu: „Sehr treffend hat ein genauer Kenner der Handschrift, mit pikanter Anspielung auf den Inhalt der de Sadeschen Schriften, dieselbe aus lauter Lancetten zusammengesetzt bezeichnet... In der Tat sind es lauter kleine spitze Messerchen, die uns aus der Handschrift des Marquis de Sade wie drohend entgegenstarren"[56]. Nur dass Papier nicht blutet, so wenig, wie es schreit.

---

[54] E.Schorsch, G.Galedary u.a., Perversion als Straftat. Dynamik und Psychotherapie, Berlin/Heidelberg 1985, S. 45

[55] R.Barthes, a.a.O.,, S. 179

[56] E.Dühren, Neue Forschungen übe den Marquis de Sade, Berlin 1904, S.391

Die winzige Schrift Sades lässt auch an die „Mikrogramme" Robert Walsers denken, über die Peter Hamm in der ZEIT schrieb: „...daß sich dieses Ich nur noch auf dem Papier zu behaupten vermochte, das belegen erschreckend diese ´Mikrogramme´, in denen einer wie wahnsinnig schreibt, um dem Wahnsinn auszuweichen, in den der rapide Ich-Verlust zu münden droht, in denen einer um sein Leben schreibt, um zu verdecken, daß sein Lebensstoff aufgebraucht ist"[57]. Sade schreibt um sein Leben: Schreiben hat ihn eine lebenswichtige Bedeutung. Kann man sagen, dass in seiner Einsamkeit das Werk ihm gar zum Partner wurde? „Blutige Tränen" habe er geweint, als er bei der Verlegung von der Bastille nach Charenton während der Revolutionstage sein Werk verloren gegangen glaubt.

Um den Preis einer ungeheuren Negation der Welt erlangt er – wie auch seine Libertins – zu einer Freiheit, die Apollinaire veranlasst, von Sade als dem „unabhängigsten Geist" zu sprechen, „der jemals gelebt hat"[58].

Unbeugsam verteidigte Sade seine Souveränität. In der Natur des Menschen – und hier sei es gestattet, auf Sades Natur-Begriff zurückzugreifen – scheint es einen unzerstörbaren Kern zu geben, einen *point de résistance,* der sich jedem Druck widersetzt. Diese seelische Widerstandsfähigkeit, die heute unter dem Begriff der Resilienz diskutiert wird, ermöglicht Sade, die Opferrolle zu verlassen und wieder zu einem inneren Gleichgewicht zu finden.

Sade, der gegen seine innere Zerstörung anschreibt, gelangt zu einem neuen System der Vollkommenheit, indem er das Böse zum Prinzip der Welt erklärt. Mit seinem Werk errichtet er ein Bollwerk gegen die Angst, nicht zu existieren und ins Leere zu fallen. Über die Erotisierung seiner Ängste und seines Hasses erlangt er ein Gefühl von Vitalität und bändigt seine Wut. Indem er Vernichtung und Tod in Szene setzt, triumphiert er

---

[57] P.Hamm, Lob der Blödigkeit, Die ZEIT, 4.10.1985

[58] G.Apollinaire, der Göttliche Marquis, a.a.O., S. 28

über seine eigenen Ängste vor Vernichtung und Tod. Die Jahre seiner Gefangenschaft psychisch zu überleben ist sein vorrangiges Ziel. Seine zynische Philosophie ist gehärtet in der verzweifelten Wut darüber, dass das Leben ihm verweigert wird.

Der dunkle Part in uns

Sades philosophischer Anti-Humanismus ist unvereinbar mit den Prämissen des Menschen als Vernunftwesen. Und doch zeigt er auf provokante Weise den anderen, dunklen Part auf, der in jedem Menschen schlummert, sich aber seinem Bewusstsein entzieht. Sade ist kein Dämon: Was uns an ihm verschreckt, ist der Teil in uns allen, den wir im Namen der Zivilisation vor uns selbst versteckt halten. Die Kultur selbst stellt Ventile zur Verfügung, um diesen Anteil im Bereiche des Imaginären Geltung zu verschaffen: in der Literatur, in der Kunst, in harten Comics und sog. „verbotenen" Computerspielen. Sollten wir Sade heute eher wie einen Comic lesen?

Gegenwärtig erleben wir in der Politik, wie Menschen im Namen einer Religion alle zivilisatorischen Hemmungen ablegen, gefühllos ihren primitivsten Impulsen nachgeben, andere Menschen in Objekte der Lust und der Macht verwandeln, sie vergewaltigen und töten. „Unsere Kultur", schreibt Leon de Winter, „hat einen Namen dafür: das Böse"[59].

Hier sind wir weit von Sade entfernt: Er war ein *homme de lettre*, seine Waffe war die Feder, nicht das Schwert. Und in seinem ganzen realen Leben, vor und nach der Zeit seiner Gefangenschaft, ist kein einziger Mensch durch ihn zu Tode gekommen. Sein Werk bleibt empörend. Nicht desto weniger zeigt er eine Variante der conditio humana auf. „Sade ist kein Kronzeuge des Antihumanismus", schreibt Hartmut Böhme, „sondern

---

[59] Leon de Winter, Im Namen des Schwertes, FAZ 20.8.2014

des Widerstandes dagegen, den er nicht anders denn als ´poetisches Subjekt´ (Kristeva) hat aufrecht erhalten können"[60].

Seinem Publikum flößte er Entsetzen ein. Darum beschließt Apollinaire seinen Essay „über einen der erstaunlichsten Menschen, die jemals gelebt haben", mit Sades Worten:

> „Ich wende mich nur an jene, die fähig sind, mich zu verstehen,
> und sie werden mich ohne Schaden lesen"[61].

---

[60] H.Böhme, „Beim Glockenschlag des Wahnsinns schlagen die Stunden der Venus". Marquis de Sade. In: Th.Ziehe/E.Knödler-Bunte(Hg.), Der sexuelle Körper, Berlin 1984, S.198

[61] Apollinaire, a.a.O., S. 81

Von links: D.A.F. de Sade - Hans-Jürgen Döpp - Yves Milet

Yves Milet-Desfougères

est un artiste-peintre français né en 1934.

Il est aussi graveur. Il a été membre des surréalistes dans les années 1960, où il a connu André Breton.

- Son oeuvre, largement figurative, se caractérise par une grande force imaginative, fantastique et onirique. Son style développé dès les années 1960 se rapproche parfois de celui du peintre Dado.

- 1984 "Hymnes à la Nuit" de Novalis

lovely books for lovers

edition de l`œil

www.aspasia.de

www.ingramcontent.com/pod-product-compliance
Ingram Content Group UK Ltd.
Pitfield, Milton Keynes, MK11 3LW, UK
UKHW042009190726
13854UKWH00005B/2227